はつのうた

ありがとう　あなたへ

賀久　はつ

木星舎

扉表の写真：小湊鉄道
扉裏の写真：著者

はじめに

昭和十二年、お産婆さんも間に合わず、母を介添する父の手に生まれた末っ子の私は終わり初物《はつもの》として「はつ」と命名されました。

幼い頃からよく耳にした父の言葉は「世の中は坂に車を押すごとし、油断をすれば後に戻るぞ」「何事も程々に」「お天道様が見ている」「終わりよければすべてよし」でした。日頃は無口な父のこの言葉は、自然と人生の支えとなりました。

小学校に入学する前のこと、ある日、私は庭の木陰で野辺の送りをする人々の葬列を見ていました。そのとき列をつくって歩く人の襟元や裾捌《すそさば》きから、亡くなった人の人生のドラマが流れ出るように感じられ、その光景が大変美しいと思い、深く印象に残りました。そして、いつしか自分の最後には美しいメロディーが流れてほしいと思うようになりました。

インドでは、人の一生を学生期《がくしょうき》、家住期《かじゅうき》、林住期《りんじゅうき》、遊行期《ゆぎょうき》の四期間に分けられると考えられていました。私自身、人生を振り返ると、ほぼ二十五年毎に節目があったようです。二十五歳までの学生期は自然豊かな故郷で原始感覚を存分に養い養老川の鮎や山の端の雲と会話するなどもの静かな少女でした。白鳥中学校の同期会で、国語の先生から「はっちゃんはどんな少女だった？」と問われた同級生は異口同音に「はっちゃんはエビネ蘭だった」と答えてくれました。私は山野にひっそりと咲く小さな薄色の花でした。

助産師になり、人並みの苦労をしてみたいと思い、十五夜のお月様に向かって「吾に七難八苦を与えよ」と祈ってみるほどそれまでの人生は波風の立たない静かなもので、そのままずっと進んでいくのかと思っていました。ところがそんな大層な願いをかけたせいでしょうか、一年後に主人と出会い、私の静かで穏やかな人生は急転直下、嵐の海に突入しました。生まれ故郷を遠く離れ、家庭教育もかなり異質な相手と福岡で暮らすことになったのです。

二十六歳から五十歳までの家住期は家族・地域・職場などの絆を強める時期で、勿論生活のために仕事はしますが、子育てを第一にする時です。

息子が小学校六年生の時でした。「友だちのお母さんはデパートに買い物に行ったり、お稽古通いをしたりするのにお母さんは家事と仕事ばかりね」と哀れみの目を向けられ、「こんなにいい息子に恵まれたお母さんは世界中何処にもいないわよ」と即短歌に思いを託しました。

不孝な女《ひと》と息子の言葉に省みるなれど幸せな四十の母の日

短歌を読んだ息子はホッと安心した笑顔をみせ「僕は主婦を助ける副婦だよ」と言って、よくお手伝いしてくれました。

五十一歳から七十五歳までの林住期は子離れをして自分の才能と努力で社会貢献し、これまでの絆を保ちつつ時には孤独になって自分の成り立ちを追求し、役目を確かめる時です。

高度成長期の日本で家庭教育が急速に薄れていく中で、小学校の授業参観をしたおりに静かに座って学ぶことができない行儀の悪い子を見た時、「これは何とかしなければ」と痛切な思いに駆られた私は、お産は医療ではなく社会科学として胎児期からの人間形成を目指して、昭和五十三年、「むなかた助産院」を立ち上げました。それから親育てに励みつつ三十五年「赤ちゃんは心で産みましょう」を提唱してきました。

出来る限りの自己責任で努力を重ねて臨んだお産は赤ちゃんの誕生とともに、産んだ母親自身が良い母に生まれ変わるチャンスですが、出産を能率と合理性ばかりをよしとする医療に委ねることは、胎児の心を無視して思わぬ問題も発生しかねません。喜んでくださったのは小児科医と学校の先生で、「あなたの手に生まれた子どもは集中力が抜群です」と言っていただけました。

ある女性の内科医は、女性に生まれたからには当たり前の体験をしてみたいとむなかた助産院を訪ねてくださいました。赤ちゃん誕生直後に「如何でしたか」とお尋ねすると、「お産には医療のもう一つ上の世界があることがよくわかりました」と最高の言葉を聞かせていただきました。

千葉市には、縄文時代に和の心で助け合いながら平和な暮らしを二千年余り守ったとされる国の史跡「加曾利《かそり》貝塚」がありますが、その資料館を訪ねると日本人の心の絆はここから広まったと記されています。これを読んで、実家が加曾利姓の私は、仕事もボランティア活動もどちらにも心を致してきたのは当然のことであったのだと納得致しました。

七十六歳からは遊行期です。それまでの学びや体験を後世に伝えていく時期、私は今、その最中にいます。

昭和五十九年から温かい第二の故郷づくりを目指して始めた福岡県宗像市日の里の「ほのぼの教室」は、母親と子ども、そして家庭のための教室で、現在の「ワン＆オンリーの会」の前身です。男女、年齢を問わず、参加者は大きな家族の一員となって喜びや悲しみを共有して絆を深め、幸せな家庭づくりに大切な親学を学ぶ場所であり、経済的に困難な母子を応援するボランティア活動でしたが、そうした活動をこつこつと続けていくなかでいつしか私は「宗像の母」と呼ばれるようになりました。

できれば日本中の母親の母的存在でありたいと秘かに思っておりましたら、十数年後に埼玉いのちの研修会で講演後に中学生から寄せられた感想文に、私に「日本中の女性の母的存在を感じた」と書いてあるのを読んで、天からお恵みをいただいたようで、感謝の思いでいっぱいになりました。

日本《にっぽん》の心の母なる吾夢を文字で伝えし乙女は宝

日々の暮らしの中で出会う人・自然・出来事・書物など出会いは全て学びであり、人生の宝です。予想外に長く生かされ、戸惑いながらも終活の一コマとして、全ての出会いに感謝を籠めて人生を短歌に託しました。

令和三年吉日

賀久　はつ

もくじ

八十路坂

第一のふるさと　養老川沿いの村

家族そろって囲む食卓は安心・安全の和み場であり、明日への場でした。

故郷は温《ぬく》もりありて淡き香の菜粥の湯気に揺らぐ微笑み

幼いころから原始感覚で風の色や香を楽しみ、お寺の鐘の音が身体の奥に染み込む体験をしてきたお陰で、人生をきれいに生きる方向へ自然と導かれていったようです。

夕風に揺らぐ菜の花淡き香と奥深く染む宝林寺の鐘

思春期はよく宝衛橋の欄干にもたれて、空想にふけっていました。

宝衛橋いのちの青は夢描く恋しき友と歩む日日

幼いころに母の味と匂いを身につけた人（愛着形成）は社会人として困難に遭っても耐え抜けるのですが、私も起伏の多い五十歳の働き盛りのころ、よく母の料理や浴衣の匂いを思い出していました。

幼き日身に染みたりし母の味艱難辛苦《かんなんしんく》も耐える力に

霞立つ山頂の道険しくも母の香思い五十路安らぐ

息子の運動会には、毎年実家の母から栗が送られてきました。

故郷は微かになれど老いし母の送れる栗は今も艶やか

故郷に向かう小湊鉄道は、養老川を遡って走る車窓の景色が美しい単線の鉄道です。

小《こ》湊《みなと》線さ緑愛でて揺られゆく手を振る如く藤の笑みくる

山裾に薄紫の枝《し》垂《だ》れ藤「ようこそお出で」と持て成すごとく

田づくりに流れる汗は心地よく五風十雨《ごふうじゅうう》の皐月暮れ行く

千葉市若葉区にある加曾利貝塚は縄文遺跡最大規模の貝塚です。「チバニアン」は養老川沿いの地層をさし、近年、地球磁場（地磁気）逆転期の地層と判明したことで、四十六億年の地球の歴史の一時代を表す名称として二〇二〇年一月に国際地質科学連合によって命名されました。

吾《あ》が歴史辿れば何と尊けり「加曾利《かそり》貝塚」「チバニアン」とは

幼き日鮎戯れし養老川老いて地球の宝となりぬ

第二のふるさと　宗像・福岡

むなかた助産院を開くことを考えていたころ、宗像大社の秋季大祭「みあれ祭」を眼前にして、深く感動しました。

宗像の歴史は生きて眼前の雄々し景色に跪《ひざまず》く吾

戦国の出陣の音さながらに船音勇み玄界灘おどる

荘厳にまた華やかにかくあれと「みあれの祭り」吾に伝えり

むなかた助産院の屋根の傾斜角度は、設計士の計らいにより宗像大社の屋根と同じ角度になっていました。

大いなる女神の守り身に受けて吾宗像で助産道ゆく

際立ちて雅に浮かぶ菖蒲園貴風身に染む大宰府の夕

見事な生き様

椿の花は次のいのちを思い、自分で栄養を取り過ぎないために急いで落ちるようです。

音立てて落ちる椿は親の愛実のふくらみを願いて仰ぐ

落ち椿形崩さず色冴えて実肥《こや》す親の潔《いさぎよ》きかな

竹は成長段階でひと筋に伸び、地面の下では新しい芽を出す準備のために根を張り、人間に生き方を伝えるようです。

真っすぐにまたしなやかに節目つけ竹は根強く知恵を蓄う

オオバコは粘り潜《ひそ》めて踏まれても踏まれてもなお芽吹き絶やさず

踏まれてもオオバコすねずひたすらに芽吹く葉脈逞《たくま》しきかな

日々是好日

かにかくに避難訓練ボランティア本番来ぬを念じて参加

赤信号エスペラントで数えつつ青になるまで踵下す

階段を登れば汗の滴るる今日も健やかありがとう

優先席赤子は指で語りくる「会えて良かった」笑みて答える

隣席の嬰児《みどりご》しばし笑み交わし安心せしか瞼の垂るる

カーブスとは女性専用のフィットネスジム。八十一歳から自宅近くのここに通い、三十分の筋力アッププログラムで気持ちのいい汗を流すようになりました。

カーブスのコーチの声かけ高らかに貯筋コツコツ老いを豊かに

老いの坂筋力つけてリズムよくカーブス通いで満たされし夕

アブバックみぞおち臍へ息吐いてからだくるくる海苔巻き演ず

コロナ禍も自宅で一人ストレッチ三月過ぎれば背中で合掌

しなやかに四季の絵巻を身に纏《まと》い友のゆかしさ短歌《うた》の湧き出づ

短歌《うた》の友四季の五覚を身にまとい道行く姿何とかぐわし

真夜中にふと思い出す昼下がり読みし短歌《うた》練り夜明け近づく

音信不通の友へ。

凍てつきし心温もり汝の笑みを念じ続けむ一陽来復《いちようらいふく》

竹細工暮らし豊かに時代超え利他の心は明き灯火

八十路坂

八十歳。

八十路行く虹隠れども紅葉舞いいのち麗しいついつまでも

八十一歳。

梅雨《つゆ》寒《ざむ》に八十路を越える誕生日今生《こんじょう》の出会い何と深きか

八十一歳。独り身となり、八十路を越える誕生日、目覚めと同時に、多くの出会いのお陰で今の自分があることに感謝の思いが溢れました。

八十路越え独り身となる誕生日脳裏をめぐる尊き出会い

「ありがとう」予期せぬ出会いも学びなり支えし身にも擦りて伝う

川面には枯葉の小舟波に乗り辿り着くまで無事を祈らむ

大空に柔く浮きたる昼の月我《あ》を守りたる親の眼差し

昼下がり空を仰げば温かく秘そと見守る月白く浮く

弱き身も慈愛で広く育みて老いて気づけば健やかな身に

不安なる明日を思えど吾《あ》が成せる技は素直でしなやかに生く
重き壁軽い扉に変えぬれば残されし道光あまねく

エール

コロナ禍

願わくは人もコロナも襟正し地球守りて次代豊かに

繰り返しコロナの波は寄せくるも忍耐力を免疫力に

蔓延すコロナ禍の世を生き抜くにワクチンなるは忍耐力ぞ

歩む字は「少し」「止まる」で成り立てばコロナ禍自粛も歩む一コマ

見通しの立たぬコロナの波の中この世は忍土重ね明日へ

コロナ禍で人の生きざま極むればいのち敬い自律育成

カオスの世光転守り高むれば道開かるを信じて励む

百五十年前、熊本藩兵と米国人を乗せて戊辰戦争へ向かったハーマン号が勝浦沖で座礁沈没したときに、勝浦の漁師が総出で救援活動をされ、今またコロナが蔓延する中国武漢からの帰国者を受け入れられた勝浦の人々に。

「ハーマン号」「コロナウィルス」危機なるも守り救いし勝浦の民

声援

怪我からの学びで気付き感謝して打てば松井はホームラン王

甲子園元気溌剌《はつらつ》たくましく足音高く若人行進

試合終え頬濡らしつつ球児らは跪《ひざまず》きつつ大地を握る

爆音のパワー溢れるバット振り曲線描く逆転の球

滾々《こんこん》と泉湧き立つ君が夢支え歩めば我も豊かに

喧《かまびす》し声飛び交いて相撲道磨き清めし「貴乃花」消ゆ
「貴景勝」賜杯《しはい》を抱き深々《ふかぶか》と元親方の美学を守る

一本松

ニュースで成人式を迎えた東北の青年の立派な振る舞いをみて、復興への努力のなかで大成長を遂げられたことに感動しました。

被災地の苦難を重ね学び越し二十歳《はたち》の決意何と頼もし

被災地の成人の誓い胸熱く利他の心に拍手贈らむ

一本松六年余り被災地を見守り越して秘そと消えゆく

一本松の実は大地より芽吹きおり地域を守る大木目指して

東日本大震災は鹿嶋市にも震度六の揺れをもたらし、余震により大鳥居が倒壊しましたが、この地区では一人の怪我人も出なかったそうです。

身代わりとなりて倒れし大鳥居鹿島の民を守る偉大さ

雲間の眼

雲間の眼

夫《つま》と行く名月の夜は絹衣かかりて月のおぼろなるかな

鹿島神宮参拝の帰途、難病の夫は着替えが必要となり、私が買い物をして戻るまで駅のベンチにひとり座って待っていました。その姿を目にした私は、全身の細胞が震えるほどに感謝の思いが身のうちに溢れてきました。

まごうべく純真無垢の幼子に化したる夫は何と尊し

幼子と化してベンチで吾を待つ尊き夫に全て尽くさむ

旅立ちの夫の面《おもて》は尊けりこの面《おも》見るため共に過ごしか

夫去れど心の中に常にあり今日も一日共に過ごせり

失いし唯《ただ》一つのいのちなれど広き隙間を埋めるよしなし

亡夫が活動していた「楠声会《なんせいかい》」のＣＤは萎んだ身に安らぎを与えてくれました。

「おやすみ」の歌に抱かれ床に就く広くなりし部屋で今宵も

夫が旅立って三カ月間、趣味のおねだりに明け暮れた夫の眼が木の葉や雲の間にキラキラ光るのが見え、「これが見守り？」と思うと足が軽くなりました。

散歩道呼べど答えぬ夫何処木陰雲間に眼《まなこ》見るらむ

三カ月後、眼の光を感じなくなり「いるわね」というと、淡い雲のように姿が浮いて見えていましたが、半年後から現れなくなりました。

去年《こぞ》の春寄り添い祈りしさくら道花のベンチに亡き夫の顕《た》つ

さくら道夫と語りしベンチ恋い今日も元気とタッチで報告

在りし日に共に登りし丘に立ち夫の名呼べば白雲の冴ゆ

夫・賀久好裕　個展会場で。絵は「My wife is No.1」

繰り返し夫呼ぶリズムに歩を合わせ今日も五千歩ありがとう

在りし日に夫と並びて窓辺より眺めし花火今日は一人で

雪解けの山茶花《さざんか》色も鮮やかに声をかければ亡夫の笑みくる

光射し今日も新たに「おはようさん」「行ってきます」と夫の遺影に

チンパンジーは、あれもこれも興味あることに準備もせずに飛びつきます。オランウータンはじーっと壁に向かって考え、「なんで私に声をかけるの？　仕方ないわね」と振り向き、一度手をつなぐと、自らは絶対に手を離さない性格です。

チンパンジーの亡き夫思いオランウータンの吾は遅れてよき妻となる

残されし日々はきっちり後始末道を清めてあなたの元へ

影舞

指先を触れ合い交わす影舞は亡き魂と戯れるごと

指先は体から出た心なり影舞明かす魂ひとつなり

庭園で踊る影舞しなやかに恋の芽吹きて成るを祈らむ

影舞の師より溢るる慈愛濃く地球の全て癒すが如し

家族

お腹に宿ったいのちは預かりものであり、誕生したいのちは自律させて世にお返しするものです。自律を妨げる四つの過剰は、物の与え過ぎ、指示のし過ぎ、手の貸し過ぎ、何でも許し過ぎです。

簡素なる暮らしは「ならぬ過剰」避け自然と共に吾子は実りぬ

新盆に孫も集いて食和み揺らぐ灯りに亡夫の面影

パンパンと弾くる音に大輪の花咲き競う盆の夜空に

ポストには力漲る絵葉書が孫より届く敬老の日に

孫の絵は胸の膨らむパワーあり夫婦の努力「みのり」整う

猛暑日に老母気遣い息子より室温確認メールの届く

息子等は大声出さずコツコツと実り行くほど頭を垂るる

年ごとに伸び行く息子授かりて稲穂の如く吾も実らむ

彼岸花

彼岸花墓石にスカーフ揺れるごとそよ風と和しファッションの技

秋分の墓参帰りは空青く涼風に揺れ彼岸花笑む

秋分に墓参り終え坂下る手を振る如く尾花揺らいで

語りくる紅鮮やかな彼岸花供養を終えし吾を見送る

遺影抱き白金会の帰り道秋雨に濡れ萩の花白く

魂は常に傍にの法話受け日々の思いに丸をいただく

歌声

楠声会《なんせいかい》の調べは清《す》みて遙かなる過ぎ越し日々の懐かしきかな

浜千鳥歌う団員ひと筋に銀の翼を羽ばたいて生く

歌声は枯れ行く吾身に染み入りて明日への力ほのぼのと燃ゆ

全身の細胞目覚め懐しき思い出巡る昭和の歌よ

おゆみ野

春——悦び

「福は内」玄関先でささやかに豆投げたるは吾《あ》が口の中

節分は柊《ひいらぎ》　鰯《いわし》を玄関に元気湧き立つ昔懐かし

春風は蕾《つぼみ》の衣ほぐすごと日に異《い》に吹きて巡り色なす

啓蟄《けいちつ》に薦《こも》はぎとりし松の木は背筋伸ばして生気漲《みなぎ》る

春の道淡き香漂い鳥歌う萎《しぼ》みし胸に音符跳ね交う

ベランダに桜ひとひら舞い降りて恋文のごと胸のときめく

日枝《ひえ》神社河津桜は華やかに街に歌声流すが如し

待ちわびし桜は変身足早にこの世の無常伝える如し

花筏《はないかだ》ひとひら毎に夫々のドラマを乗せて水面漂う

蕾から満開吹雪花筏すねず従うステージ麗し

サラダにも湯気立つ椀にも姫タケの乙女の姿秘そと佇む

泉谷《いずみや》の梅の老木屈《かが》むごとカサカサ白き苔をまといて

おゆみ野の歩みの会は笑み交わし四季の恵みに心安らぐ

駅前の欅《けやき》は客を見守りて梢ふっくら夢与えおり

野の花は若葉とともに色増して甘き空気は凝《こご》る身ほぐす

さくら道緑は日ごと色増して涼風さやか頬を撫ぜくる

吾前に今日の道あり山笑う芽吹き新たに胸花開く

みどりの風

タンポポの綿毛みどりの風に乗り「春よさらば」と新居求めて

五月晴れ緑のベールに包まれて老いの足にも力漲《みなぎ》る

日差し浴び芝生の小花愛くるし飛び交う鳥の声もさやかに

芝生園白き小さな綿帽子もてなすごとくクローバの咲く

歩道際綿帽子なるクローバの群れてハモるは「幸せの歌」

夏

青空に萌ゆる緑の葉陰には赤き小粒のさくらんぼ映ゆ

ひなげしの淡きピンクが風に揺れ恋する姫の悩むが如し

受取人払郵便

早良局
承　認
210

差出有効期限
2022年10月12
日まで
（切手不要）

郵便はがき

8　1　4　8　7　9　0

福岡市早良区西新７丁目
1-58-207

木　星　舎　行

購入申込欄

本書の追加ご購入は，このはがきで直接小社にご注文ください。郵便振替用紙を同封の上，お送りいたします（３冊以上は，送料無料）。なお，書店に注文される場合は.地方・小出版流通センター取扱書ということでご注文下さい。

はつのうた	冊

通　信　欄

本書に対するご意見・ご感想などお聞かせください。今後の参考にさせていただきます。

■　ご住所

TEL　　（　　）

■　ご氏名

■　お買い上げ書店名

■　ご意見・ご感想

ありがとうございました

さ庭辺に頭を垂れて咲くポピー「クレオパトラ」か「楊貴妃」のごと

夜明け告ぐカラスの声は彩りて晴雨伝える予報士のごと

梅雨明けを待てずに蟬は声高く迅雷・豪雨払うが如く

長き梅雨明くるを待てず歌う蟬豪雨に勝てず軒下で臥す

夏空は絵筆の勢いさながらに天女の衣引くが如きに

夏空に天女の裾を引くがごと柔く流るる白雲の波

背伸びして道行く人に首を振り涼風贈る白百合の花

全身の細胞絞り声放つ蟬は去り行く夏を惜しみて

押し寄せる重き魔雲を払うごと夏を惜しみて蟬声奮う

秋

石段に草の実弾くる音清みて風と小鳥と雲と吾和す

大輪の夕日は街を包み込み今日の疲れを癒すが如く

秋日和裸木抜けて空青く声高らかにカラス羽ばたく

秋分に床より出でて空仰ぐ素足に伝う床の冷たさ

秋風に日ごと緑は息潜め祭の如く紅葉《もみじ》賑わう

山の端に沈む夕日を眺めつつ虫の音高く家路を急ぐ

語りくる落ち葉は老いの靴底に思いで巡り空青く澄み

風波に欅《けやき》並木は鬼ごっこ落ち葉と共に足軽やかに

短日

日追うごと赤き入日は足早に街灯点り虫声高く

交差点小さきライト包むごとあゝ大輪の夕日燃えおり

冷風に首すくめども生垣の紅葉の暖炉に足の温もる

裸木に紅葉ひとひらしがらみて母に甘える幼子のごと

年の瀬は走る車の音高く道行く人も歩《ほ》を早めおり

通勤時駅の通路は人の波大群の鰯流れる如し

乾燥に日々明け暮れる房総を潤す如く雪の降り初む

大雪の夕暮れの月冷ややかにさざ波のごと白雲光る

晦日

寒冷の晦日に急ぎ道行けば柚子の色冴えホッと温もる

大晦日蕎麦すすりつつ振り返る細く伸び越し吾が人生を

旅情スケッチ

旅情スケッチ

隅田川夜桜《よざくら》 映えて時忘れ幻想の中人の佇む

眼前に広がる阿蘇は雄大にこの世の悩み一息で消ゆ

阿蘇山の大草原で草を食《は》む牛はひたすら雑念もなく

一面に絨毯のごとツツジ映え蝶ひらひらと風爽やかに

昭和の森嵐で倒れし大木に天より注ぐ柔き眼差し

銀杏《ぎんなん》の香り漂う昭和園パークトレインに揺られ語らう

気品あり自然豊かな昭和園民思う陛下に敬意捧ぐる

長年の夢叶えたり頼もしき息子と走る銚子の歴史

犬吠埼《いぬぼうさき》空と海とは繋がりて声交わすごと波音響く

海底に年追うごとに呑まれゆく地球のドラマ屏風ヶ浦よ

白雲は絵筆の勢いさながらに岸に寄せくる大波描く

車窓から

ドライアイ車窓に映る光景を瞼閉じつつ脳裏に描く

アクアライン車窓に映る広大な景色は旅の疲れを癒す

車窓より見ゆる山の端日は明《あ》かく富士描くごと白雲の浮く

綿雲と夕日眺むる田園は垂るる稲穂にいのち輝く

山裾のススキは揺れて羽田行く高速バスの無事を祈りて

黙々と不気味な雲の押し寄せる稲田はひそと雷雨覚悟す

重き雲背負いて走る新幹線台風沖へ去るを祈りて

台風で荒れし里山癒すごと紅紫《べにむらさき》のタムラ草咲く

繰り返す疾風・豪雨・迅雷は天の怒りを伝うる如し

翼と雲と

初日浴び空飛ぶ翼の音高く祝賀の曲を奏でる如し

夕映えは薄紫からピンク赤茜色へと技巧《たくみ》なり

あからひく日差しの夕べ高々と飛行機雲の北を指し行く

鰯雲戯れており魚貝藻と東京湾の海底を這う

闇の中翼は揺れて竦《すく》めども守られにしか明かき日の射す

濃霧より翼は出でて眼に入るは夕日に浮かぶ富士の雄々しさ

秋色の地上を愛でて空を行く翼は白く光りきらめく

みちのくの旅　被災地を巡りて

東北の苦難に耐えて今日も又次代を思い美徳積みゆく

被災地の復興へ思いを注ぐ方へ「とてもご立派です」

青森の会場では、被災の現状を控えめに語る人の耐えている雰囲気が伝わり、日本女性の素晴らしさを感じました。

青森のリンゴは仄かな恋の味耐えて超え越し古き乙女ら

捥《も》ぎたてのりんごシャキシャキ汁垂るるセーラー服の初恋の味

秋田の史料館にて、竿燈祭りの体験をし、周囲からは「重かったでしょ」と言われたのに、重さは全く感じず、赤ちゃんを取り上げる時の空の自分になっていました。空は集中力です。秋田の子どもたちの学力の高さは、この空の伝統文化によるのかもしれません。

掌に立てる竿燈《かんとう》と一体にいのち手に受く空《くう》の吾あり

岩手にて。心を閉ざしていた若人が、私の話を聴いた直後に、女性に生まれたことに誇りをもって体の機能を守り、家族や他人も大切にして生きていくという将来の夢を描いて見せてくれました。

北上川流れは時に幸運び瞬時に脱皮笑顔漲る

山形にて。修験の山、月山を仰ぎ祖父を思う。周囲を深い山に守られた山形の町中に立つと、毎年、月山参りをした祖父の姿が浮かびました。

月山《がっさん》を仰げば祖父の姿あり白装束にほら貝を手に

宮城にて。被災者を元気づけようと、一所懸命手造りのキャンドルを灯す活動をしている方がいました。

気仙沼《けせんぬま》湧き立つ思い沸々《ふつふつ》とキャンドル揺れて一歩新たに

松島の海辺で、ザワーザワー、スーっと寄せては返す波を見つづけながら、この波は何億年生き続けているのだろう？　まるで神のようでもあり、津波で多くの人を攫った悪魔のようにも思える。でも、海を切り離したら、この世界は成り立たない。そう思った次の瞬間、この世の全てを受け入れなければ、最後の幸せはありえないのだ！　と強く感じました。

松島の波より聞こゆ重き声すべて受け入れ幸の身となれ

福島にて。野口英世記念館を訪ねました。各々の世界で成功するには、本人の才能・努力は勿論ですが、その陰に祈りの母の存在があります。

猪《い》苗代《なわしろ》祈りの母あり忍耐と努力ひと筋英世愛おし

賛歌

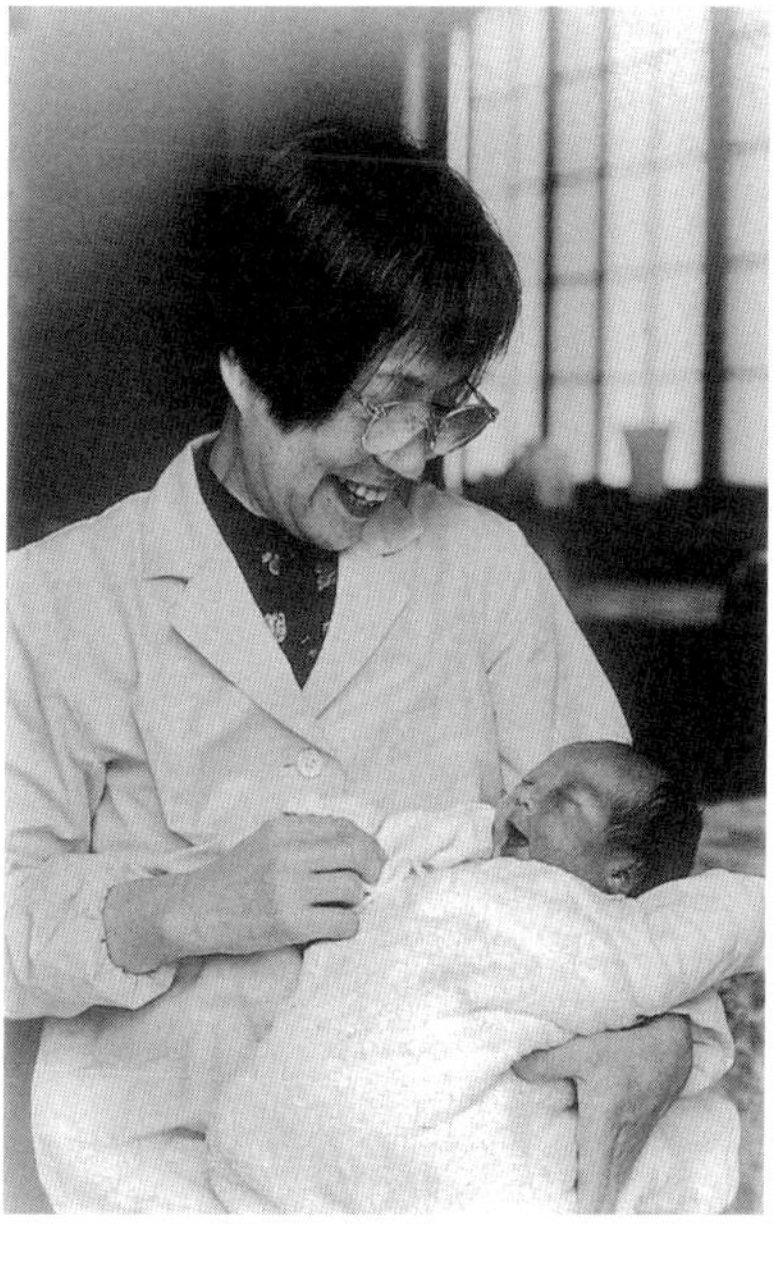

大御心

母と子の守りとなりて歩み行かむ尊き方の御心を得て

昭和六十年十一月、母子保健奨励賞を一位で受賞し、東宮御所にて両皇太子殿下に謁見の折に詠んだ歌です。お二人をお手本に親育てに励みますとお約束しました。

温かき大《おお》御《み》心《こころ》に抱かれて未来のいのちいや栄えなむ

平成二十一年秋、旭日雙光章叙勲。翌年春の園遊会にて平成天皇両陛下謁見の折に、東宮御所でのお約束を一筋に歩んだことをご報告し、感謝と祈りを込めてお捧げしました。

一文字一文字丁寧に読まれた陛下より「ありがとう」のお言葉を賜りました。

陛下より「ありがとう」を賜りて奥深く染む大和《やまと》の心

一つ、二つ、三つ……九つ、十。二桁の十は神に向う一歩という。日本人として生まれたことは誇らしいです。

「ありがとう」神に向いて身を正す日本語何と奥深きかな

両陛下と皇族の皆様との対話も終わり、空を見上げると両親と戦死した兄がくっきりと浮かんで見え、「よく忍耐できたね。何よりダメはダメと言える勇気を出せたのは凄かったよ」という父の声が届きました。

園遊会天に浮きたる父母と兄耐え越し道を父の褒めくる

初詣

初詣神社の上空青々と地上の汚れ浄化されしか

初日さし街並み気品溢れおり年神様に感謝捧ぐる

初詣木漏れ日さして空気清み参道サクサク神殿仰ぐ

元旦は木々も瓦も色冴えて吾身新たにああ、天の愛

新たなる「令和」の初日墓参り積み越し御霊に吾手を合わす

新たなる元号「令和」発信に粛然として歩は墓参へと

「令」と「和」でこの世のすべて芽吹きたり和音を重ね輝くいのち

鹿島宮朝日を迎え国照らし出雲は夕日送り治める

面影

寒さを乗り越えて美しく咲いた桜が、風に潔く散る様は、国のために身を捧げた三治兄の姿と重なります。

廻りくる桜吹雪の陰に見ゆ戦地に散りし兄の凛々しさ

桜の花びらが風にはらはらと舞い散る様は、出征時に列車の窓から見送りの人々に手を振りつつ、白い軍手をした左手を額に当てていた兄の姿に重なります。

はらはらと散り行く桜車窓より手を振る兄の思い見るらむ

人生を綺麗に生きることを目指してきたのは、その生き様を表現した両親の戒名にありました。

ひと筋に求めし道は吾父母の天と地の和す戒名にあり

父の戒名は「寳巌院諦雲良慶大居士位」絹雲が遙か彼方まで棚引いて地上の喜びを見守るという意味です。

不言実行真実一路の父の愛絹雲遙か地上を見守る

母の戒名は「松壽院諦胤志純大姉霊位」。地上で種を蒔き、子を生み育て真の心を千年万年伝えるという意味です。

和みたる食卓に注ぐ母の愛遠い未来にいのちつないで

心臓の持病を抱えつつも笑顔を絶やさず九十年。「お見事でした」

朝夕に空を仰げば温かき太助兄より笑み零れくる

愛犬アポロとアドは、千葉の姉が贈ってくれた血統書つきのマルチーズ犬。アドは義母の心臓手術に立ち会うために、私が家を出る寸前、身代わりのように亡くなりました。

身代わりの旅立ちの日はうららなる小春日の道むせび行くなり

語るらし優し面に頬すれど固く凝《こご》りて動かざりけり

際立ちて黒き眼の愛くるしまじまじと見つつ思い溢るる

うつせみの世に出でたるをまごうべし可憐な姿天に舞いてよ

汝《な》も吾も他人《ひと》に捧ぐる定めにて故郷遠く西に仕えり

誕生　いのちよ、ありがとう

いのちのはじめ。受精卵は卵管を通ってゆっくりと回転しながら子宮へと移動します。まるで雅楽の音に誘われるような荘厳な舞いで、その様は正に天の祝福です。

厳かに雅楽とともにスタートす奇跡のいのち　あゝ天の愛

新たなる母を育てる「むなかた」の屋根より時にオーラ湧き立つ

吾渾名《あだな》「鎮静剤」は母子癒しエンドルフィンで幸の溢るる

鎮魂の鹿島宮より授かりしゴッドハンドは母子を支えて

自然なお産は快感ホルモンで守られ、母親は献身的な母性脳へ変わり、生まれた子はストレスによい対応ができる真に健康な人へ成長します。このかたちをつないでいけば、児童虐待は激減するでしょう。

生まれくるいのちと共に育ちゆく女性脳から母性脳へと

産む人と寄り添う人が雑念を捨て純粋な心一つになれば、産室が心地よくスムーズに赤ちゃんを迎えることができます。

みどり児の誕生朝日が昇るごと産屋清まり十五夜の夜

億超える先祖の御霊たらちねの母より受けてみどり児の笑む

結婚、家庭

愛と知といのち育む性を受け大和の心明日へつないで

多感な思春期の女学生に、女性の大きな役割に気づいて人生設計を立てることをお勧めします。

備わりし生物・社会・霊的ないのち敬い生かし豊かに

すべての人は生物的いのち、社会的いのち、霊的いのちを備えていますが、現代は生物的いのちを軽視する傾向にあり、それに起因する問題が多く発生しています。生き方を正しましょう。

真の男女平等は、互いにそれぞれの生理機能を大切に活用することで、自分自身は勿論のこと、次世代も豊かになります。

豊かなる人生歩む鍵なるは雄《オ》は一直線に女《メ》はリズムよく

古代に書かれたと言われる『ホツマツタヱ』では、結婚のかたちや夫婦愛の質が悪いと、後の世に恥を残すとされています。

支えなく二人の熱気燃え立つは入道雲の壊れる如し

結婚は周囲の承認と支えで長く幸せを産むようです。

支えられ絆に感謝深めれば鰯雲より幸のこぼるる

稲作と子育て

天地《あめつち》の恵み頂く食文化「おとこ」「おとめ」の和で米実る

子育ては稲作文化に通じたり手塩にかけて待ちて祈らむ

子育ての匠の技は失敗を塗り潰すより有効利用で

子育ては慌てず焦らず諦めず愛して安心ありがとう

人生は遺伝子に潜む難解の文を読み解き幸の降りくる

親の過去不足補う子育てはゆとりユーモア勇気で満ちる

「はい」は「葉」と「いのち」敬うものなれば素直になりて広き器に

真の生涯現役を

残り少ない時間を自分のためだけでなく、他者のお役に立つ真の生涯現役を目指して、自己管理に努めつつ、恩送り活動に励んでいます。

福岡公民館で。

灯を抱いて歩み輪となりてふれ合いの里「木もれび」の会

幕張コミュニティセンターで。

先人の知恵を学びて安らぎぬ育児は育自「子まもり」の会

鎌取コミュニティセンターで。

温かく柔き衣に包まれて蕾ふくらむ「おひさま」の会

教育《きょういく》は今日（きょう）行く（いく）所あり、教養《きょうよう》は今日（きょう）の用事（ようじ）にあり、
これが老いの日々に活気を与えてくれます。

老いの身を支える教育教養は今日行く所今日用事あり

夢秘そと抱いて超せば日本の心の母なる吾夢叶う

終わり良き方程式なる人生は愛され生かされ耐えて生き抜く

大いなる恵み頂くいのち故道険しくも終わり安かれ

最終の尊きステージ目指しつつ朝な夕なに感謝捧ぐる

人生は泥濘《ぬかるみ》時雨《しぐれ》風波に耐えて乗り越し絵巻麗し

私の子育て日記

母なれば汝が口もとのほころびに睡魔も去りて時を忘るる

一〜二カ月

夜もすがら母を悩ますみどり児の朝日に笑みて菊花漂う

六カ月

卒乳後母を維持する不安ありなれど親子は共に一歳

一歳

「真っ白に見せてあげてる」と幼子は生きもののごと富士を思いて

二歳

今日くるか明日はまだかと尋ぬる子春待ちきれず野に出でゆきぬ

二歳

幼子の残雪かけば蛙の子「春見つけた！」と声高らかに

二歳

二歳

「もうお昼？」帰りくる子は頬染めて砂にまみれし手をさし出しぬ

三歳

待ちわびし雨に歩けばランランと飛び散る音符小さき傘に

三歳

水たまり出でてまた入る幼子の黄色の雨具きのこに似たり

三歳

名ばかりの菜園に生ゆる芋づるにもみじ手おどり黒き土染めて

三歳

長き日を待ちてつかみし唐いもの赤き皮愛でて日のあたたかく

四歳

山の端の雲は何処へ去りゆかむ吾子待つ家路ペダルこぎ行く

母待ちてひとりいる子はどんぐりとどじょうの歌を繰り返しけり
四歳

蟬の声上がり下がりで飛び留まる見極めたりし四歳の吾子
四歳

幼子はサンタの土産と思いつつ聖書物語手にバスを降りくる
五歳

小学校一年生

夏休み向日葵育て種数え真にコッコッいのち育む

小学校二年生と十一カ月

月光さす窓に揺らめく朝顔の影絵を見つつ子らと語らむ

小学校三年生

宝物はわが母なりと云いし子になしたる業を数うれど乏しき

小学校四年生

もう一息願う眼差し水分けてプールの壁に今指先が

小学校四年生

十歳をかぞうる吾が子よ人となりて行け汝が道と汝が心もて

小学校五年生

伏したもう道端に生ゆる長き草旅ゆく吾子の姿追いたし

日本の西端を見むと一人行く吾子乗せし列車のあとは白《しら》みて

小学校五年生

勇なりや友は給食むさぼるに心静かにひとり祈る子

中学校一年生

理論物理の書を読む吾子の脛伸びて重ね着重し四十路の春かも

中学校一年生

汝が道はあまたにあれば大志もて山河をかけて海を渡らむ

中学校二年生

息子等は空海の夢ひたすらに夫は地上を吾は心ゆく

高校三年生と小学五年生

「母さんと同じタイプの女性なし」息子はポツリ夕餉に語る

大学一年生

就職で家を離れる

ひとすじに求めし道の近づきて吾子立つその日思いてふるう

社会人として自立

去りし子よ達者であれと紅梅に今日も語りて白水やりぬ

還暦の朝

夢なれど吾子帰り来て和みたり梅雨空晴れて還暦の朝

還暦の朝

目覚むれば吾子寝し家は窓明し光と潮と漲《みなぎ》るよき日

独り身となる八十路の秋

川辺にはホットな床《とこ》なる薄《すすき》の穂大の字に寝る息子懐かし

おわりに

人間にとって最も大切なものは教育と思います。多くの学びをしても年齢とともに物忘れが進みますが、体の記憶は消えることなく、幼少期に体験したことは確実に身につきます。これこそ真の教育でしょう。脳の発達は胎児期から満二歳が急速なので、母は第一の教育者であり、妊娠中の母の考えや行動が性格づくりに及ぼす影響は大きいものです。

また、いのちのスタートは親を選び、設計図をもって母の胎内に宿るようですが、多くの人は誕生から成長とともに設計図を忘れてしまいます。それ故に、自律とともに「自分は何者？」「何のために生まれたのか？」「何でこんな目に遭わなければならないのか？」と考えるようになります。長い間解決できないまま苦しむこともありますが、人生の道程では沢山の出会いが契機で、過去に起きた不思議なことが自然に解けることもあります。人生は謎解きの旅とも言えるようです。

私はあまり丈夫な体ではないと自分で決めつけて六十歳頃が終わりと思い込んでいました

が、何時しか八十代の中頃になってしまいました。村上和雄先生（分子生物学者）の研究では、尽くすこと・祈ることがよい遺伝子を目覚めさせて免疫力アップになるということですが、なるほどと納得いたしました。

いのちの講演会でお寺のご住職をお招きした時、控室で予想外に生きていることをお話しすると、「お役目が終わるまで迎えは来ませんよ」とおっしゃいました。自分はまだまだ不十分と思いながら人生を振り返ると、三回いのちの危険がありました。

一回目は朝生原小学校五年生の時、友だちと三人で手を繋いで養老川の浅瀬を歩き、藻が生えて滑りやすい所まで来た瞬間、二人は私の手を離して岸の方へ去り、私は前の深みに滑り落ち溺れかけましたが、たまたま近くで釣りをしていたおじさんが助けてくださって命拾いしました。

二回目は市原高校のとき。修学旅行で紫雲丸（一九五五年五月沈没。修学旅行生を含む一六八名が亡くなった国鉄戦後五大事故の一つ）に乗船する予定でしたが、寸前に高知から準備が遅れているので次の便に変えてほしいとの連絡があり、沈没から免れました。

三回目はハイジャックされたよど号のチケットを準備していましたが、寸前に急用でその便に乗りたい方がいるので変えてほしいと連絡があり、次の便に変更したことでした。

こうして救われてきたことに大きな力を感じます。

春日大社の宮司をされた故葉室頼昭氏の『〈神道〉のこころ』（春秋社）には、「この世に実在する無数のものの内、人間に見える眼球が感じるものは波動のみで僅かに過ぎない。見えないものに真実がある」と記されていました。

若き日に勇気を出して結婚の申し込みを断りに出向いた時、夫は時間を間違えてその場に居らず帰りましたが、三カ月後に「三時間待った」と聞かされ、私の責任感がその三時間の償いを一生かけてお返しする決断に至りました。これは見えない大きな力が働いたのでしょう。

身代わりのように紫雲丸の沈没で瀬戸内海に消えた多くのいのちの叶えられなかった思いを、私が代わりに背負っていかなければとも思いました。

こうして守られ、育てられ、学ばせていただいた沢山のご恩にお返しは叶わず、出来る限りの恩送りをさせていただくのが残された道です。

助産院の仕事に打ち込んでいる頃は故郷への帰省もままならず、親兄姉とは電話で会話をしていましたが、高齢期に入った頃の母から返ってくる言葉はいつも「どんなこともみんな有り難い、感謝です」という言葉でした。私も心からそう言える人間になりたいと思いつつ歳を重ねてまいりました。

祖父の説教で忘れられないのは、「あちらを立てればこちらが立たず。こちらを立てればあちらが立たず。双方よいのは頬かむりだけ」でした。

世の中に自分と同じ人はいません。すべての人は両親の遺伝子の組み合わせで成り立ち、七十兆分の一という奇跡の存在で、顔かたちも考え方もそれぞれに異なっています。それでこの世は成り立っています。

日常生活の中で思わぬ出会いに驚くこともありますが、それも捉え方次第でいい学びにつながり、全てに大いなる天の愛を感じることができました。これまで私を応援してくださった方、これからの世界を生きて支えてくださる方に感謝を込めてお贈りします。

豊かなる未来を描く君が夢心つないでいのち豊かに

生産と生殖活動徳積みて支え合う世はいのち輝く

君が夢叶えむと越せば日本の心の母なる吾夢叶う

道ひとすじ、守り歩みて、磨き清めて整えて、改めてありがとうございました。

波に乗り風に吹かれて年重ね吾《あ》を育てたる出会いは宝

令和三年三月

賀久　はつ
Kaku Hatsu

昭和12年、千葉県市原市生まれ。昭和31年、千葉大学医学部附属看護学校、同大学医学部助産婦学校卒業。昭和37年、国立公衆衛生院正規課程保健指導学科卒業。昭和53年、福岡県宗像市日の里で「むなかた助産院」を開業。胎児期からの人間形成を目指し、「赤ちゃんは心で産みましょう」を提唱。平成3年、アダムスミス大学より社会科学博士号を取得。同10年、国際ソロプチミストWHW賞、同13年、毎日新聞社賞、同16年、厚生労働大臣賞「母子保健向上及び家族計画普及への貢献」など受賞歴多数。同21年、叙勲、旭日雙光章。
著書：『いのちをつないで—むなかた助産院からのメッセージ』（海鳥社）、『伝えるいのち—むなかた助産院からのメッセージ2』『大丈夫よ—むなかた助産院からのメッセージ3』『麻糸』（以上、木星舎）、『愛と性の尊厳』、『いいお産とは—豊かな人生のはじまり』（アートヴィレッジ）

はつのうた

ありがとう　あなたへ

2021年3月20日

賀久　はつ

発行所　図書出版　木星舎
〒814-0002　福岡市早良区西新7丁目1-58-207
tel 092-833-7140　／　fax 092-833-7141
http://mokuseisya.com/

印刷・製本　青雲印刷

ISBN978-4-909317-20-9